AF296906

LA CALOTTE

DU RÉGIMENT

ROYAL-LORRAINE,

CAVALERIE.

POÈME EN TROIS CHANTS,

Par M. d'ETALLEVILLE.

À PARIS,

Chez LATOUR, libraire, au Palais-Royal:
Et chez tous les Marchands de nouveautés.

1820.

IMPRIMERIE D'ANT. BAILLEUL,

RUE SAINTE-ANNE, N°. 71.

PRÉFACE.

Je traite dans le petit poëme que j'offre ici, un sujet assez difficile. Je ne serai compris par aucun de mes lecteurs. Vingt-six ans de guerre ont fait oublier les jeux qui, dans la paix, charmoient nos officiers. La Calotte des régiments a cessé, à la révolution, d'exercer sa joyeuse police ; et les Barres sont, pour les trois quarts des François, un mot qui ne rappelle aucun souvenir. Il faut donc me pardonner, si je fais en prose la description de ce que j'ai voulu peindre en vers : je ne saurois me flatter d'avoir été assez clair dans mes tableaux, pour m'exempter d'écrire : *Ceci représente.*

Le premier lieutenant dans l'infanterie, le premier sous-lieutenant dans la cavalerie étoient jadis chefs de la Calotte; ils exerçoient sur les jeunes gens une police d'autant plus utile, qu'elle redressoit les petits torts de convenance et de délicatesse qui échappent à la haute discipline de l'état-major. Leur comique tribunal étoit soutenu par le corps entier des officiers, protégé par les inspecteurs, voulu par le ministre. Celui qui osoit se révolter contre ses décrets, et demander au juge suprême raison du jugement, se voyoit forcé de prêter le collet à tous ses camarades; et, s'il survivoit, il alloit guerir chez lui ses nombreuses blessures. Les plus mauvaises têtes y regardoient à deux fois. La peine ordinaire portée par les sentences étoit

la Bascule. Pour la donner, on formoit
le cercle : les Calottins se pinçoient le
nez : le chef, placé au centre, faisoit
sa ronde ; il frappoit, avec l'os d'un de
ses doigts, sur le front de chacun des
assistans : on répondoit à cet appel, en
imitant de son mieux le bruit que fait
une cloche tintée. On devine aisément
que le timbre condamné d'avance pa-
roissoit seul fêlé. L'ordre de refondre
la matière se donnoit aussitôt : un vigoureux cavalier passoit sa tête entre
les jambes du patient, et, se redres-
sant, le portoit sur ses épaules : la partie du corps qui devenoit par ce ren-
versement la plus haute, offroit au
bras levé de la justice un vaste champ.
On proportionnoit le coup de main à
la gravité de la faute. J'ai vu donner

des Bascules bien appliquées ; j'en ai
vu donner pour la forme seulement.
Le patient faisoit, dans cette posture
incommode , trois ou quatre fois le
tour du cercle, et, remis sur ses pieds ,
offroit à son porteur six francs, toujours
fort bien reçus. Lorsqu'on avoit eu
pendant la cérémonie les honneurs de
la musique, il falloit doubler la somme.
Cette générosité forcée étoit une nouvelle correction vivement sentie par
la bourse d'un sous lieutenant. Quoi-
que l'usage eût consacré ce genre de
punition, il rappeloit trop un châti-
ment de l'enfance , pour ne pas dé-
plaire à des hommes faits. Nous le rem-
plaçâmes au régiment par des courses
au milieu d'une haie de pots-à-l'eau.
Ce petit supplice étouffoit un peu,

noyoît beaucoup : il fut plus redouté
que l'autre, et par conséquent plus
efficace.

Le lecteur conviendra qu'il ignoroit
ce que fut la Bascule ; il ne sera pas
plus instruit de ce qu'étoient les Barres.
Les Barres se sont vues un jeu très en
vogue dans les garnisons, et même à l'armée. On jouoit aux Barres en présence
des généraux et devant la meilleure
compagnie des villes. On déployoit
dans ces grandes occasions beaucoup
de magnificence ; on en mettoit dans
les habillements, dans les drapeaux,
dans les fanions. Une tente, remplie
des rafraîchissements les plus recher-
chés, s'offroit aux dames, lorsque les
courses étoient finies. La musique du
régiment se trouvoit toujours là, et,

après avoir célébré les hauts faits des héros, servoit d'orchestre au bal qui suivoit la brillante colation. Tout cela est oublié aujourd'hui ; et jouer aux Barres ne veut plus dire que cher- cher en vain une personne qui, dans le même temps, vous cherche inu- tilement. Je vais donc expliquer les règles de cette plaisante guerre de jarrets et de ruses.

Les deux partis étoient distingués par des ceintures et des drapeaux de couleurs différentes. Ils se rendoient, en suivant leurs bannières, sur le ter- rain choisi. Une des enseignes s'ar- rêtoit en y arrivant ; l'autre s'éloignoit d'elle de cent toises environ. Elles étoient plantées solidement, et ser- voient à marquer les barres. A trente

pas d'elles, un fanion montroit aux lu-
turs prisonniers le séjour de douleur.
Le plus ancien des captifs devoit tenir
d'une main la lance de ce petit drapeau; les autres, se touchant du bout
des doigts, devoient étendre le plus
possible leurs bras, afin d'allonger la
chaîne, et de venir ainsi au devant
du brave qui, du plus léger tact, leur
rendóit la liberté. Le joueur le plus
expérimenté étoit, dans chaque parti,
nommé roi des barres : il commandoit
l'attaque, il ordonnoit la retraite. Le
droit de prendre son adversaire dé-
pendoit de l'époque où l'on avoit
quitté le drapeau. Le dernier sorti du
camp paralysoit son ennemi, en l'ef-
fleurant de la pointe des doigts. On
devoit s'arrêter dès qu'on se sentoit

atteint, et rejoindre les autres captifs. Les coureurs émérites jugeoient, d'un tertre voisin, les contestations qui s'élevoient parfois sur l'époque où l'on avoit quitté les barres, et, par conséquent, sur le droit de prendre. Leur sentence étoit sans appel. Des jalons marquoient les bords de l'arène. Les spectateurs avoient ordinairement la discrétion de ne les point dépasser. Les jours de foule, de nombreux factionnaires faisoient respecter la ligne. Beaucoup de dames assistoient à ces jeux, et en formoient la brillante galerie. Ces groupes de curieux servoient souvent à couvrir des ruses de guerre. On se glissoit, à l'abri de ce rideau, pour surprendre dans la retraite les coureurs qui s'étoient trop aventurés.

Le jeu s'ouvroit par l'envoi d'un député, qui venoit, au nom du roi son
maître, déclarer la guerre au peuple
voisin. L'ambassadeur, après avoir lu
d'un ton fort grave un long mani-
feste, choisissoit dans la troupe en-
nemie un adversaire, et se sauvoit;
poursuivi, les siens poursuivoient à
leur tour, et la partie se trouvoit en-
gagée.

Ce jeu, petite image de la guerre,
excellent exercice pour le corps,
école de galanterie, puisqu'en présence de toutes les belles d'une ville
on y déployoit sa légèreté, sa finesse
et ses grâces, étoit célèbre de mon
temps. J'imagine que la paix rétablira
dans l'armée la police de la Calotte
et les jeux des Calottins; alors cette

longue description deviendra inutile.
Mais, si j'ai, par-là, le chagrin d'avoir perdu mon temps, j'aurai, pour consolation, le plaisir de voir revenir parmi nous l'urbanité française qui, ce me semble, s'est un peu égarée.

LA CALOTTE

DU RÉGIMENT

ROYAL-LORRAINE,

CAVALERIE.

CHANT PREMIER.

LES POTS-A-L'EAU.

Adieu, Permesse ! Adieu. Je me retire.
Ma voix chevrote, et mes doigts, paresseux,
N'obtiennent plus de mon ingrate lyre
Les sons flatteurs d'accords harmonieux.
Il faut partir. Phœbus, sur le Parnasse,
N'a point ouvert, comme les conquérants,
Un noble asyle aux soldats vétérans.
Du triste ennui l'insultante grimace,
Les sons aigus de l'instrument de chasse (1),
Voilà, chez lui, des malheureux rimeurs,
Sur leurs vieux jours, la solde et les honneurs.
Je vais partir; mais, à mes camarades,
Chers compagnons d'armes et de plaisir,

______

(1) Le sifflet.

Le sac au dos, j'offrirai des aubades.

Muse, accourez ! Daignez me soutenir.

Venez chanter de franches accolades,

De beaux serments, des cœurs prompts à s'unir ;

L'honneur, si cher aux antiques brigades,

Et ces guerriers qui.... Mais leur souvenir,

Seul bien sauvé du printemps de ma vie,

Vient réveiller ma verve à l'agonie,

Et mon esprit semble se rajeunir.

Déjà le plan d'une sensible épître

A disparu, volé sur mon pupitre

Par un lutin qu'on ne peut contenir.

C'est toi, c'est toi, redoutable Calotte !

Toi qui nous as, et tant et tant de fois,

Fait ruisseler sous tes humides lois.

Tu viens, salut ! Je saisis ta marotte,

Et, secouant ses folâtres grelots,

Je vais porter, au galop de Pégase,

Du Mont-Jura jusqu'au pied du Caucase,
Ta renommée à cent peuples nouveaux.
Déjà ma voix a frappé leurs échos.
La Perse attend. Le Tartare, en silence,
Ne souffre plus, en son impatience,
D'autres récits que ceux de nos travaux.
Je suis à vous, bénévole auditoire.
Je vais chanter la Calotte et sa gloire;
Mais, permettez que, quittant ses états,
Je laisse au moins à ma jeune héroïne,
Qu'ose charger de quelques attentats
Une vieillesse envieuse et chagrine,
De vie et mœurs de bons certificats.
Il faut montrer par quelle heureuse adresse,
Sous l'air badin, sous les dehors légers,
Elle cachoit la profonde sagesse,
Et rappeloit au devoir la jeunesse,
Sans cesse en proie à d'attrayants dangers.

2*

Reine charmante, en folâtrant tu règnes !
Tout en riant, sous tes folles enseignes
Marche l'honneur; et par lui sont vaincus
Vices naissants, que le temps eût accrus.
C'est donc pour toi que ma lyre module
De vieux accords; pour toi, mes derniers vers
Vont essayer de peindre la Bascule,
Si, toutefois, sans craindre des revers,
Je puis offrir un nom si ridicule
Au fier dédain de censeurs sérieux.
Comment chanter, sans craindre leurs gros yeux,
De Calottins une troupe enfantine,
Formant le cercle et se pinçant le nez,
Pour imiter de la cloche argentine,
En nazillant, les airs carillonnés ?
Comment vous peindre avec quelque faconde
Le chef rêveur, de coups multipliés,
Faisant frémir et tinter, à la ronde,

Sous l'os saillant de ses doigts repliés,

Les cerveaux creux dont la jeunesse abonde ?

Enfin , comment vous rendre la frayeur

Du criminel accusé par son cœur ?

Il sait trop bien que c'est par artifice

Que semble ainsi s'égarer la justice ;

Et , sans espoir , pressentant son malheur ,

Il a déjà les tourmens du supplice.

Le grand sonneur ayant fait ses essais ,

Trouvé partout les tons purs et parfaits ,

Revient à lui , s'arrête , le regarde ,

Frappe et s'étonne. Un son moins argentin

Sort à regret de ce tremblant airain.

« Il est fêlé , la voix est nazillarde , »

Dit-il : « Amis , allumez les fourneaux ,

» D'un bras nerveux soulevez les marteaux ,

» Et qu'à l'instant se présente une enclume. »

Un cavalier , preux que la soif consume ,

Voit un *pour-boire* apparoître à ses yeux
Et court. Il passe un front respectueux
En cet endroit, à nommer malhonnête,
Où le tronc cesse et se divise en deux,
Puis se redresse, et ses reins vigoureux,
Vers les talons précipitant la tête,
Font, bout pour bout, changer l'homme de faîte.
Le patient, sur son cou soutenu,
Commence alors sa quête douloureuse,
Et, dans sa ronde, offre un globe charnu,
Sur qui bientôt, en trombe furieuse,
Fond de cent mains l'orage continu.

   Crime vengé, c'est crime prévenu !
Le régiment, par semblable police,
Dans le devoir contenoit sa milice,
Quand un Lycurgue arriva parmi nous.
Sage formé pour gouverner des fous,
Il nous faisoit l'offrande d'un supplice

Dont la rigueur égaloit la malice.

On l'approuva. De mille et mille cris ,

De cent bravos la loi reçut l'hommage.

Sur un cadet (1) se fit l'apprentissage.

Chaque matin de justice repris ,

Que risquoit-on ? Si ce jour le vit sage ,

Point très-douteux, contraire à son usage ,

Ne put-on pas dire, en ce cas pressant,

Que , par malice , il était innocent ?

Et , le jugeant sur la loi de nature ,

Qui veut, hélas ! qu'on fasse ce qu'on fit ,

Payer au traître , en cette conjoncture ,

Un peu d'avance, un très-prochain délit ?

Mais je vous dois la peinture fidèle

De ce tourment d'une espèce nouvelle.

L'auteur avoit placé les Calottins

---

(1) Alors les volontaires attendant des places d'officiers, portoient ce nom.

A rangs ouverts. Ces rangs se faisoient face,

Et les baigneurs tenoient tous dans leurs mains

De pots ventrus les prodigues bassins.

Quand tout fut prêt, le docile coupable

Parut. L'aspect étoit peu formidable;

Il s'applaudit de ses heureux destins,

Et, se lançant dans la longue avenue

Des seaux étroits, des frêles arrosoirs,

D'un air railleur le galant nous salue.

Il voit déjà la justice déçue,

Et, dans l'ardeur de leurs malins vouloirs,

Les pots brisés contre les réservoirs;

On se promet, si la scène est moins drôle,

Si l'heureux bol jusqu'au bout fait son rôle,

De se venger largement tous les soirs.

Courte gaîté ! Soudain sur son visage

De toutes parts fond et crève l'orage.

De cent ruisseaux, sur le front façonnés,

A gros bouillons ses flancs sont sillonnés ;

L'air, que repousse une trombe cruelle,

N'arrive plus au poumon qui l'appelle,

Le pied s'égare, abandonné des yeux

Qui, pour sauver la timide prunelle,

Se sont fermés à ces humides cieux ;

Et, détrompé, le coupable, en souffrance,

D'un ris hâtif fait prompte pénitence ;

Tandis qu'il voit la joie, en plein essor,

De ses tourments chez nous s'accroître encor.

Le drap, le lin, par l'averse assassine

Percés cent fois, se collent sur sa peau,

Et le profil d'un fleuve tout nouveau

Fidèlement sur le nu se dessine :

Tel le Rhin vit sous la forme divine

Que donne au marbre un habile ciseau.

Et cependant le jeune Dieu de l'eau,

Dont ce déluge a percé l'épiderme,

Nageur à sec, noyé sur terre ferme ;

A chaque tour, pour reprendre ses sens,

Se reposoit. Ses regards languissants

A ses bourreaux sembloient demander grâce,

Et déchiroient les cœurs compatissants ;

Mais la jeunesse, inexorable race,

Quand elle rit, ignore la pitié,

Et rarement est méchante à moitié.

Jusqués au bout il subit la sentence ;

Puis, s'enfuyant en toute diligence,

Il fut chercher, dans son mortel ennui,

Contre l'orage un asyle chez lui.

Ainsi l'épreuve eut pleine réussite,

Et, de nos jeux, la Bascule proscrite ;

Dans le conseil n'eut pas un avocat.

Les pots-à-l'eau furent loi de l'état.

Tout applaudit, hormis le pauvre hère,

Notre noyé, qui, las d'être rivière,

Par le récit de sa moite douleur ;
Dans tout le camp répandit la terreur.
Notre jeunesse , autrefois si fragile ,
Sentit un frein aussi puissant qu'utile ;
Pendant trois mois on fut sage de peur.
L'état parfait et d'ordre et de justice
Fut aux bourreaux , qu'il laissoit sans office ,
Un tel sujet d'ennui, de désespoir ,
Qu'il fallut bien , par un peu d'artifice ,
Leur retrouver un dos sur qui pleuvoir.
Je vis le chef chercher une victime.
D'un léger tort je le vis faire un crime.
J'en murmurai. Cette injuste rigueur
Au condamné valut un défenseur.
Je plaidai donc. La cause étoit facile ,
Peut-être aussi qu'un si criant abus
Fit à l'instant , en agitant ma bile ,
Un Cicéron d'un diseur de rébus.

Je gagnai tout. On cassa la sentence,
Mais on blâma l'irrévérent emploi
Que j'avois fait de ma chaude éloquence.
Le condamné fut absous, et, pour moi,
Pauvre avocat suppléant de potence,
Je dus subir, le lendemain matin,
Pour mon client, le supplice du bain.

Vous, bonnes gens, enfants de ma patrie,
Chers compagnons, habitants de Neustrie,
Qui, par l'effet de vos *rares* vertus,
Ou, par hasard, ne fûtes point pendus,
Saurez-vous bien vous peindre les alarmes
De cette nuit de terreurs et de larmes,
Où le coupable, informé de son sort,
Attend, captif, l'infamie où la mort ?
Que je souffrois ! lorsque, sans cesse accrue,
La foule vint se heurter dans ma rue ;
Quand de soldats s'emplit mon escalier,

Et que leur chef, un barbare officier,

Me dit : « Allons, sors, ton heure est venue.

Mais, quel prodige ! A mon premier aspect,

Chacun s'arrête, est frappé de respect.

On me salue humblement de la porte ;

Et ces archers, objets de ma frayeur,

Dont on forma ma rigoureuse escorte,

Semblent changés en ma garde d'honneur.

Gloire à la toge ! Hommage à mon tailleur !

Du gros tissu d'une toile cirée,

En large, en long, savamment lacérée ;

Il m'avoit fait d'un Cujas orateur

La vaste robe et la toque carrée.

J'en imposois en harnois de docteur,

Et, de l'habit autre grand avantage,

On ne voyoit, sous le collet montant,

Qu'un pouce au plus de mon nez pénitent.

Ainsi vers moi, grâce à cet emballage,

L'eau ne pouvoit se frayer un passage.

Pour rejeter encor plus loin le cours

De ce torrent, effroi de la jeunesse ;

En arrivant , je fis un beau discours

Où de la queue, épaulette des cours (1),

Dont la longueur , la couleur , la finesse

De tout plaideur mesurent la souplesse ,

Je détaillois les droits et les contours.

Ainsi, du chef j'obtins l'heureux secours

D'un caudataire ; ainsi, cette rosée ,

Se détournant de ma tête rusée,

Alla pleuvoir sur le visage nu

Du gentilhomme à ma suite venu (2).

On avoit ri. Cette comique scène

---

(1) On sait avec quelle hauteur, dans les tribunaux, les fiers magistrats, à longue queue, traitent les officiers de robe courte.

(2) On sait que les cardinaux prenoient pour caudataires des gentilshommes.

Honnoit du prix au supplice nouveau ;

Et réchauffoit l'amour des Pots-à-l'eau ,

Quand notre chef, en son humeur hautaine,

Osa prétendre asservir à ses lois ,

Lui , lieutenant , un jeune capitaine.

Hélas ! c'étoit oublier à la fois

Devoirs, respect , réglemens , ordonnance ;

Et cependant , sans faire résistance ,

Sans récuser l'arrogant tribunal ,

Le condamné reçut l'arrêt fatal :

Tout , sur son front , peignoit la repentance.

Le lendemain , près d'un hôtel désert ,

Des gouverneurs antique résidence ,

On se rendit , observant le silence.

Pour le spectacle en ce grand jour offert ,

De curieux , arrivant hors d'haleine ,

Incessamment se remplissoit l'arène.

Dame , grisette , et seigneurs , et valets ,

Tous confondus , en resserroient l'espace ;

Et , près de nous, pour être encor plus près,

D'un coude adroit se frayoient une passe.

Alors parut l'illustre criminel.

Son pas étoit gravement solennel.

A son aspect , la foule babillarde

Devient muette. Elle écoute et regarde.

Entre nos rangs , du côté de l'hôtel ,

Le patient vient répondre à l'appel ;

(Le choix du lieu , lecteur, prenez-y garde ,

Est dans l'histoire un point essentiel).

Sans exhaler la plus légère plainte ,

Il prend sa place en notre humide enceinte.

Enfin , il touche au suprême moment.

Déjà le chef fait le commandement.

Le ciel s'entr'ouvre au bruit de son tonnerre ,

A six grands pieds tremble le firmament ,

Et des torrents vont inonder .... la terre ;

Car sachez tous, qu'en sujet déloyal ,

Le capitaine avoit dans le vieux Louvre

Caché ses gens et tout son arsenal ,

Et que, volant à la porte qui s'ouvre ,

Et de ses flancs à l'instant le recouvre ,

Il nous laissa , plus leste que l'éclair ,

Bouche béante , et l'arrosoir en l'air.

Oh ! redis-moi , reine de l'Épopée ,

Tous ces hauts faits de dieux et de héros

Qu'ont célébrés Homère et ses rivaux ,

Et que ma muse , à grands frais équipée

De lambeaux pris à ces auteurs divins ,

Se fasse honneur de ses riches larcins.

Ajax , Nestor , Achille , Idoménée ,

Hector, Patrocle , Ulysse , Agamemnon

Sont tous présents, n'ont changé que de nom ;

Et, si ces noms perdent pour l'élégance

Dans un langage aux sons durs et muets ,

Tous ces héros gagnent pour la vaillance,
En recevant ici des cœurs françois.

Mais à l'assaut la phalange est conduite.
La hache en main, à pas précipités,
Le chef s'avance, et sa vaillante suite,
Dans son ardeur, dispute ses côtés.
Rien ne pourra résister à sa rage.
De vieux châssis, fatigués par l'orage,
Voudroient en vain à sa mâle vigueur,
A son acier, refuser le passage :
Tout va tomber, et notre déserteur,
Qu'aura perdu son aveugle courage,
N'a plus d'asyle en ce moment d'horreur,
L'assaillant même, en son généreux cœur,
Sembloit rougir d'une victoire aisée,
Et souhaiter des dangers au vainqueur ;
Quand Mars, sensible aux scrupules d'honneur,
Du large appui d'une haute croisée,

Sur nos héros répandit à la fois

Un fleuve entier, dont l'effroyable poids,

A ces guerriers écroulés en arrière,

Dans un ruisseau fit mordre *la poussière.*

En est-ce fait de l'attaque du fort ?

Ce grand dessein, dont s'étonnoit le monde,

Va-t-il périr dans la vague profonde

Où l'assiégeant gisoit a demi-mort?

Non ! la valeur lutte contre le sort.

Un preux, du Styx près de traverser l'onde,

Combat encore, et d'un bras furieux,

Traîne en sa barque un vainqueur orgueilleux.

Déjà debout, plein d'une ardeur nouvelle,

On court saisir, chez un de nos valets,

La lourde table aux madriers épais.

Elle s'avance. Une troupe fidèle

Met à l'abri, sous ce vigoureux dais,

Un franc sapeur dont la hache acérée,

Faisant voler à tous coups en éclats

Les ais noueux qui défendent l'entrée ,

Livre bientôt une brèche aux soldats.

Alors , joyeux , accélérant le pas ,

On entre en foule , on s'enivre de gloire ,

On croit avoir terminé les combats ;

Mais , à l'instant où l'on crioit victoire ,

Où le chapeau , qui dans l'air s'agitoit ,

Laissoit à nu nos têtes étourdies ,

En mugissant , les pompes d'incendie ,

Que le château dans ses flancs recéloit ,

Vinrent troubler un bonheur si parfait.

On récula ; je l'avoûrai sans honte.

Le foudre d'eau , sans cesse s'échappant ,

Battoit , poussoit , étouffoit en frappant.

Du gros canon la manœuvre est moins prompte

Lorsqu'on le pointe , ou qu'en l'airain fumant ,

Le refouloir plonge le dieu tonnant , (1)

____

(1) Jupiter en poudre.

Il laisse en paix le soldat qui l'affronte :

Mais le danger de la pompe est constant.

Ici, la mire est prise au même instant

Où le mortier, chargé par la culasse,

Reçoit le coup, l'engloutit et le chasse.

On fuyoit donc ; mais, tout en reculant ;

Le chef, bientôt remis de sa surprise,

Nous préparoit un retour triomphant.

Savant guerrier, en trois il nous divise.

Deux sections prennent un long détour,

Rasent les murs et s'avancent courbées,

Tandis qu'une autre, à larges enjambées,

Le front levé, marche droit vers la cour.

Chacun portoit, en ce glorieux jour,

Pour bouclier une chaise de paille.

Le vieux chaudron nous servoit de tambour ;

Et, pour souffler l'ardeur de la bataille,

Deux preux frappoient sur la vieille ferraille.

Mais cependant des superbes pompiers
La troupe fine, adroite, courageuse,
Voit notre armure, et, fière et dédaigneuse,
Rit à l'aspect des frêles boucliers.
Ils voleront à dix pas en arrière,
Aux premiers jets de leur foudre-gouttière.
Pour décupler la vigueur de ses coups,
Pour ménager les cartouches humides,
Jusqu'à vingt pas, ces soldats intrépides
Laissent venir les plus ardents de nous.
« Guerre finie ! ils tombent d'épouvante.
» Ah ! venez tous, crioient nos voltigeurs,
» Nobles guerriers, troupe compatissante,
» A tant de morts rendre quelques honneurs !»
Rien ne nous plaît autant que la satire ;
Mais, selon moi, pour railler et bien rire,
Il ne seroit quelquefois pas mauvais,
D'être d'abord assuré du succès.

L'ennemi, froid, maître de sa colère ,

Pour tout sarcasme , ouvre ses robinets.

La foudre part. La volante rivière

Frappe le front , la poitrine et les bras ,

Étonne , émeut , ébranle nos soldats.

Chacun s'arrête ; et , quand le cœur hésite

Entre la gloire et la prudente fuite ,

La peur triomphe. Oui , de tant de héros ,

On n'alloit plus inónder que le dos ;

Lorsque , masqués par la longue muraille ,

Les corps d'élite , arrivés à propos ,

Semblent pousser sur le champ de bataille ,

Comme des dents crut l'affreuse semaille , (1)

Et , d'un bras ferme écartant les tuyaux ,

Font succéder la paix à tant d'assauts.

Ainsi qu'on voit la facile jeunesse ,

---

(1) Les soldats de Cadmus.

En proie au vice au milieu des méchants ,

Prêter enfin l'oreille à la sagesse ,

Et, près des bons , redresser ses penchants,

Ainsi le flot , dont la vague brisée

Ravageoit tout, au gré des furieux ,

Sent dans nos mains sa colère appaisée ,

Et, des combats passant aux plus doux jeux,

S'élève en gerbe et retombe en rosée.

Du grand assaut ce coup fut le signal.

Des ennemis , en ce moment fatal ,

La troupe, lasse et long-temps harcelée,

Des bras vainqueurs dans l'affreuse mêlée

Ne put sauver son fangeux arsenal.

Déjà cent fois la pompe réfractaire ,

Aveugle appui d'un courroux étranger ,

Contre les siens a vomi sa rivière.

Plus de salut ! Alors, pour se soustraire ,

Par un accord, à ce pressant danger,

On livre un chef que l'on n'a pu venger;
Et d'un combat, si digne de mémoire,
Ainsi finit la délirante histoire.

On juge assez si, par plus d'un motif,
Pris et mouillé, trembloit notre captif;
Mais le vainqueur, sage dans la victoire,
En triomphant, eut la solide gloire
De condamner lui-même ses arrêts,
Et d'affranchir de ses noyants décrets
Le corps entier des graves capitaines.
Pour se donner de paix marques certaines,
On se serra de deux bras bien lavés,
Puis on partit, ambulantes fontaines,
Laissant partout des combats achevés
Le bulletin écrit sur les pavés.

FIN DU PREMIER CHANT.

LA CALOTTE

DU RÉGIMENT

ROYAL-LORRAINE,

CAVALERIE.

4*

CHANT SECOND.

LES BARRES.

Aʜ! déposons la trompette guerrière,
Ne parlons plus de crime et de bourreaux;
Dans leurs bassins laissons dormir les eaux,
Et que la paix règne au fond..... de l'aiguière.
Lorsqu'au printemps revenoient les Zéphirs,
Des Calottins la race turbulente
Se signaloit par des bruyants plaisirs,
Et, sur ses pas, entraînoit, bondissante,
Les citadins, riches d'heurèux loisirs.
En ces grands jours une veste légère,
Pressant la taille en son moule argentin,
De l'Apollon, trésor du Belvédère,
Offroit vingt fois le modèle divin.

A la ceinture, aux couleurs de ses franges,

Aux nœuds divers, aux graines d'épinards,

Se connoissoient les rivales phalanges;

Chacun suivoit ses brillants étendards,

Et la beauté, par les grâces charmée,

Laissoit trop lire, en ses tendres regards,

De quel côté se trouvoit son armée.

Il me souvient encore, en mes vieux ans,

D'un de ces jours, et la riante scène

M'offre un tableau qui rajeunit mes sens.

De blancs jalons avoient tracé l'arène ;

Deux longs drapeaux, de cent toises distants,

Fixoient la place assignée aux deux camps ;

Des étendards la courte banderole

Marquoit au loin le séjour de douleur,

Où le captif, enchaîné sur parole (1),

____

(1) Les prisonniers touchent au piquet, se tiennent par la main, et n'ont ni gardes, ni liens.

Vit de l'espoir d'un bras libérateur.

Aux vieux guerriers, utile aréopage,

Un tertre offroit sa propice hauteur,

Un banc commode, un dais et son ombrage.

Là, pour juger les faits contentieux (1),

Nestor montoit d'un pas majestueux;

Tandis qu'armé par la coquetterie,

Un élégant et tendre bataillon

De ces beaux jeux formoit la galerie,

Et, reposé sur l'émail du gazon,

Semoit de fleurs l'odorante prairie.

Quand tout fut prêt pour le joyeux combat,

Par le roi bleu, le roi couleur de rose (2)

Fut averti que, pour de justes causes,

L'état voisin attaquoit son état.

____

(1) *J'ai barres, vous n'avez pas barres; touché,
pas touché.* Grandes contestations.

(2) Couleurs qui distinguent les armées.

Un fanfaron, précédé de fanfares,
A pas comptés se rendit à ses barres.
Hérault parlant au nom d'un potentat,
Il rappeloit cet usage bizarre
De nos aïeux, tuant, en criant : gare!
Le député, dans un piquant récit,
De cent griefs bien au long se plaignit,
Jeta le gant, nomma son adversaire,
Puis se sauva. Dans cette étrange guerre,
L'attaque est prompte, et, même l'orateur,
Nargue du rang, du nom d'ambassadeur,
Premier soldat, doit mesurer sa lance ;
Et, par l'effet d'une rare alliance,
A la faconde ajouter la valeur.

On ramena grand train son excellence
Qui, regagnant sa cour en diligence,
Parloit moins haut depuis qu'elle avoit peur.
Eh ! qui n'eût craint, en voyant à sa suite,

Ces chambellans, à la patte maudite,

Qui, d'un seul coup de leur perfide main,

Rendent perclus le coureur le plus sain (1) ?

Il trembloit donc quand, venant à son aide,

Un gros parti des premiers voltigeurs

Parut, et fit reculer les vainqueurs.

Dans ces combats, le plus valeureux cède :

Thersite fait, s'il sort du camp plus tard (2),

Courir Achille et détaller Bayard.

Forts de leurs droits, ils suivent dans la plaine

Nos gens épars qui, déjà hors d'haleine,

De cent replis empruntent le secours

Pour rendre au moins, par ces fréquents détours,

Des corps lancés la promptitude vaine.

––––––––––––

(1) On sait que, quelque légère que soit l'atteinte, vous devez vous avouer vaincu, et vous rendre.

(2) Le droit de prendre appartient au dernier dé-
barré.

Ainsi l'on voit, dans les beaux jours d'été,

Deux papillons, d'un calice de rose,

D'un doux œillet, banquets de volupté,

Sortir brouillés, je crois sur peu de chose,

Et, se chassant avec rapidité,

Festonner l'air d'un ruban argenté.

Mais cependant la lutte est inégale :

Vigueur l'emporte, et l'adresse du corps

Du pied nerveux cède aux puissants efforts.

On succomboit, quand des fils d'Athalante,

Un noble essaim, honteux d'un long repos,

Vint repousser les insolents héros.

Ils ont quitté l'offensive outrageante,

Au front superbe, à l'arrogant propos,

Et pris soudain, en présentant le dos,

Le regard humble et la tête pendante

De la retraite, et muette, et tremblant.

Trois des fuyards sont rentrés dans le camp,

Sans avoir fait de rencontre fâcheuse;

Mais, d'assaillants une troupe nombreuse

Au quatrième, en masse l'attaquant,

Avoient rendu la retraite épineuse.

Il lui falloit, ou périr, ou devoir

Sa délivrance au bouillant désespoir.

Le Désespoir, vous en savez l'histoire,

Sûr de périr, mais se battant toujours,

Faisoit ravage et vendoit cher ses jours,

Quand sa valeur séduisit la Victoire,

Et, sur sa tombe, il engendra la Gloire.

C'est de sa tombe aussi que va sortir

Mon champion pour vaincre et refleurir.

De l'ennemi, qui sonnoit des fanfares,

Qui, loin d'attendre un coup aussi hardi,

De ses succès s'est d'avance applaudi,

Sans hésiter, il traverse les barres,

Et, sain et sauf, échappe aux mains barbares.

Je crois encore entendre les *bravos*

Dont retentit ce triomphe inutile,

Qui n'avoit fait que redoubler ses maux.

Les grands efforts de son jarret agile,

Par un effet contraire à son salut,

En le sauvant, ont reculé le but ;

Et des sabreurs la lance meurtrière,

Déjà tout près de sa blonde crinière,

La pointe en l'air, vise son occiput.

Il fuit, il fuit, mais regarde en arrière.

Il voit les gens, à ses trousses lâchés,

Courant sans ordre, épars et détachés ;

Et, soit qu'alors il se souvînt d'Horace,

Soit que Mars même, en un pressant danger,

De ses enfants vienne éclairer l'audace,

Du bon coureur au coureur moins léger,

En s'éloignant, il agrandit l'espace ;

Puis tout-à-coup, revenant sur ses pas,

Comme un serpent, dont la tête assassine

Perce un buisson sans toucher une épine,

Par cent replis, il échappe à leurs bras.

    Quels cris d'amour, doux accents de la gloire,

Furent le prix d'une telle victoire !

Que de *vivat*, de battements de mains,

Vinrent payer ces efforts plus qu'humains !

    Mais cependant la cohorte, honteuse,

De ces *bravos* sentoit le contre-coup,

Et le suivoit, aveugle, furieuse,

Jusqu'à son camp : l'honneur faisoit va-tout.

Il le perdit. La meute est entourée.

Le cerf friaud échappe à la curée,

Et le chasseur doit, par de longs élans,

Fuir à son tour la serre des milans.

Il ne le peut. Dans l'affreuse bagarre,

Le plus adroit, le plus brave s'égare.

L'œil peut à peine, en de si grands conflits,

Voir les couleurs, connoître ses amis.

On craint, on erre, on court à l'aventure ;

On perd la route en cherchant la plus sûre,

Et l'air bientôt retentit de ces cris :

Pris, pris (1) ; partout on entend crier : pris.

De mon côté, la perte fut immense.

Quinze captifs, dont un touchoit la lance,

Formoient la chaîne, et leurs bras, alongés ;

Comme leurs vœux, vers la douce patrie,

Sans cesse étoient ardemment dirigés.

Un d'eux pourtant est resté sur la place.

Son pied léger, du perfide gazon

Rasant l'unie et glissante surface,

Avoit forcé le fragile tendon

Qu'Achille, un jour, illustra de son nom.

Une aile alors manque au nouveau Zéphyre,

---

(1) Mot consacré pour ordonner de se rendre.

Elle fléchit sous le plus léger poids ;

Et livre à terre, aux longs éclats de rire ;

Le fier vainqueur couronné tant de fois.

Vous savez tous que l'usage à la guerre

Donne aux héros, blessés sous les remparts,

Pour dérober à leurs sombres regards,

Sous des lauriers, l'heure triste et dernière,

Un lit formé d'un faisceau d'étendards.

Ainsi porté vers les bords de la lice,

Le beau Darnois, par un de ces hasards,

Qu'Amour fait naître en ses jours de malice,

Etoit conduit aux pieds de Doralice.

Le hasard joue aux belles tant de tours,

Que je le crois adjudant des Amours.

Le hasard donc, d'une main complaisante,

Menoit Darnois auprès de son amante.

Darnois encore ignoroit son bonheur,

Car Doralice, à soi-même cruelle,

Soigneusement à cet amant fidèle

Avoit caché le secret de son cœur.

Par des efforts d'adresse et de prudence,

Elle enchaîna l'amoureuse démence ;

Elle ne peut maîtriser la douleur.

Ce long brancard qui, lentement s'avance,

Et que venoit d'ensanglanter, soudain,

Par de faux bruits de plaie et de fractures,

La Renommée aux cent bouches d'airain,

Dans un cœur tendre ouvrant mille blessures,

Réalisoit de tristes impostures.

Déjà la belle a vu sur ses grands yeux

Se déployer ce vaporeux nuage,

Brouillard du Styx, qui, du sombre rivage,

Sort en fumant, et, d'un crêpe odieux,

Voile aux mourants la lumière des cieux.

Du plus beau teint ont disparu les roses ;

L'éclat du lis se charge de pâleur,

Et l'incarnat des lèvres demi-closes
Par degrés perd sa riante couleur.
Chacun s'empresse ; on veut de l'ame errante
Suspendre au moins la fuite déchirante.
En petits jets, de l'odorant flacon
On fait jaillir une eau spiritueuse ;
De l'amitié la main officieuse
Du sein captif entr'ouvre la prison ,
Et les parents, en leur vive détresse ,
Serrent des doigts muets à leur tendresse.

Ainsi les siens la servoient de leur mieux ;
Tandis qu'un cercle, avide et curieux ,
Venoit pomper la maligne substance
Dont se nourrit la douce médisance.
On ne croit point que la simple pitié ;
Seule, ait l'honneur de cette défaillance ,
Et l'on en veut accorder la moitié
Au dieu fripon , si tendre en apparence.

De ces beautés qui, cent fois dans un bal,
Tournant la valse, ou sautillant la ronde,
Répètent : « J'aime », et, sans se trouver mal,
Rioient de voir notre sévère blonde
Faire à la fin ce que fait tout le monde.
Tous les jaloux, les galants éconduits
De ses rebuts se vengeoient par des ris ;
Tandis que ceux qui, sur l'ame tigresse,
Avoient compté pour garder la sagesse,
Père et maman, pleuroient de ces amours
Prêts à troubler la paix de leurs vieux jours.

Mais on renaît : le fleuve de la vie
Qui, refoulé, s'arrêta dans le cœur,
Reprend son cours et sa douce chaleur.
Mille canaux sur leur rive fleurie
Vont, par degrés, à la rose flétrie
Rendre à la fois sa grâce et sa fraîcheur.
En tremblotant, la pesante paupière

Rouvre les yeux à la vive lumière ;
Et l'ame, émue et rappelée au jour,
Par un soupir annonce son retour.

Le soupir sait, par un adroit usage,
Exprimer tout en son simple langage.
Par un soupir, quand il plaît à l'Amour,
Au cœur voisin le cœur voisin s'engage ;
Un doux soupir lui promet du retour.
Si l'ame est triste, en soupirs elle abonde ;
Par eux encor s'exprime son plaisir,
Par eux, naissante, elle sourit au monde,
Et, lorsqu'enfin elle est près d'en sortir,
Pour ses adieux, elle exhale un soupir.

En se baignant ainsi dans l'onde noire,
Notre sensible et mourante beauté,
Tristes effets des vapeurs du Léthé,
Avoit perdu sa fidèle mémoire.
Ces longs regards, attentifs, inquiets,

De curieux cette épaisse cohue,
Ces yeux éteints, cette poitrine nue,
Pour sa raison sont autant de secrets
Que demandoit sa languissante vue;
Quand le cruel et mensonger tableau
Des traits crispés par l'affreuse torture,
Du lit sanglant, de l'horrible fracture,
Comme l'éclair, rentra dans son cerveau.
Ce triste aspect reportoit de nouveau
La vertueuse et tendre Doralice
Sur les confins du séjour d'Euridice;
Lorsque l'amant, instruit par la rumeur,
De ses succès, du galant maléfice
Que ses beaux yeux avoient fait sur un cœur,
Vint, sur un pied, de sa sensible amie
Charmer la vue et ressaisir la vie.
Il ne sent plus sa cuisante douleur,
Tant il chérit, en son ame ravie,

Tous les bienfaits d'un fortuné malheur.

Laissons-le en proie à sa douce surprise ;

Et revenons au malheur de mon camp ,

Qu'a dévasté l'ennemi triomphant.

Prise nouvelle a suivi cette prise.

D'autres combats, tout aussi désastreux ,

A trois guerriers , dans une horrible crise ,

Avoient réduit mon parti malheureux.

Des prisonniers l'entière délivrance

Pouvoit encor rétablir la balance ,

Et, d'un seul coup , rendre les camps égaux ;

Mais la risquer tenoit de la démence.

N'importe ! Allez ! les grands dangers sont beaux ;

Fortune rit à l'aveugle vaillance :

Dans les combats , les fous sont les héros.

Un de nos gens , à la tête légère ,

Au cœur d'airain (1) , se lance en la carrière ;

____

(1) *Æs triplex.*

Et, transporté d'un noble désespoir,

Vole à son but, sans rien peser, sans voir

Que les beautés lui masquoient de leurs groupes

Les mouvements d'insidieuses troupes,

Qu'on le cernoit par un rusé détour ;

Et quand, chargé de front avec furie,

Il voulut fuir, on ferma le retour.

Sa perte accrut les maux de la patrie.

Deux guerriers seuls, accablés par le sort,

Restoient au camp. Conseil tenu, l'un sort,

Part en courant, et, tout essoufflé, crie :

« Grands avaleurs de novices soldats,

» Oui, vantez-vous de vos brillants combats !

» Ces cœurs ardents ignorent qu'à la guerre

» Sage retraite est souvent nécessaire ;

» L'art de fuir manque à ces valeureux fous,

» Mais, à l'instant, ils l'apprendront de vous.

Les grands succès à sottises pareilles

Où Sar-Louis, de nos folâtres jeux,

Faisoit à tous le récit délectable.

Elle ne peut résister au désir

D'être témoin de tant d'extravagance.

Sa blanche main, vive d'impatience,

Ecrit au chef, et l'invite à choisir,

Au premier tort atteint par sa puissance,

Loutre pour Grève et les flots pour vengeance.

Ce simple vœu fut un ordre pour nous.

Un orateur, député du grand-juge,

Volé et lui dit, en ployant les genoux,

Que tribunal, patient et déluge,

Avant deux jours, seroient au rendez-vous.

   Au même instant, le projet d'une fête

Vint fermenter dans chaque jeune tête.

A la forêt on va la hache en main ,

On taille, on coud, on invente, on apprête,

On veille, on court ; et, dès le lendemain,

Le régiment, aux yeux de Wilhelmine,

Put exercer sa rigueur enfantine,

Et lui montrer le risible destin

De ces baigneurs poursuivis par leur bain.

Vous devinez, la chose est évidente,

Et qu'à l'abbesse on soumit le projet,

Et que la dame, en bonne confidente,

En femme aimable, en garda le secret.

Mais tout avance au gré de notre attente.

L'art se surpasse; et le soleil levant,

Aux mêmes lieux où sa flamme expirante

Doroit la veille une feuille tremblante,

Voit, tout surpris, un palais s'achevant.

Tout ce matin, la bouillante jeunesse,

Qui voudroit tant dévorer les plaisirs

A l'instant même où naissent ses désirs,

Du temps si prompt gourmanda la paresse;

Et cependant l'horloge, en sa justesse,

Vous avez lu (1) qu'en leurs nobles moutiers,

Pour être sainte, en gothiques patentes,

Il faut à Dieu prouver seize quartiers ;

Que des serments les chaînes éternelles

Ne chargent point les gentes demoiselles,

Et que souvent l'épouse du Seigneur,

Au dieu d'hymen se montrant peu sauvage.

Loin du lieu saint, à ce nouveau vainqueur,

Joyeuse, offroit, avec un tendre cœur ,

Des vertus, fruits d'un rude apprentissage.

Rude , je dis ! car, vous le savez tous ,

Dans un chapitre, où grilles et verroux

Ne tiennent point du monde séparée,

Une beauté risque d'être adorée,

Et ce n'est point mince affaire, entre nous ,

Que, porte ouverte, échapper aux yeux doux.

―――――――――――――――

(1) Ils ne sont plus connus en France que par l'histoire.

Mais il est temps de narrer mon histoire ,

De faire trève à de si longs discours ,

Et de tirer de ma vieille mémoire

Les simples faits , sans lustre et sans détours.

Loutre (1), non loin de notre forteresse ,

Servoit d'asyle à d'antiques maisons.

Là , de l'honneur les tendres nourrissons

Alloient trouver, près d'une illustre abbesse ;

De cent vertus , de grâce et de noblesse,

Un beau modèle et d'utiles leçons.

Là , quelquefois , une jeune princesse (2)

Venoit chercher , dans un séjour de paix,

Le doux repos à la santé propice ,

Le calme heureux du cœur d'une novice ;

Et l'amitié, transfuge des palais.

Le hasard veut qu'à cet hospice aimable

Elle se rende, en ces jours si fameux ,

---

(1) Chapitre noble , à une demi-lieue de Sar-Louis.
(2) Princesse de Nassau-Saarbruck.

CHANT TROISIÈME.

LA FÊTE IMPROMPTU.

MAIS la Calotte à des luttes charmantes
Ne bornoit point ses joyeux passe-temps ;
Elle mêloit à ces délassements
Tous les plaisirs de vos fêtes brillantes ;
Bals et soupers, comédie et concerts,
A la beauté pompeusement offerts,
La reportoient, par leur galanterie,
Au temps courtois de la chevalerie.

Muses, daignez donner à mon pinceau,
Qu'a desséché la tâche déjà faite,
Quelques couleurs pour ce dernier tableau.
Oui, vous pouvez, à ma verve discrète,
Sans nul danger, faire ce don nouveau ;

Car je promets, sur le double côteau,
D'abandonner, après mon barbouillage,
Tous ces joujoux, trop jolis pour mon âge.

Je chante donc, en poursuivant le cours
De mes récits, la magique ordonnance,
Et tout l'éclat de l'un de ces beaux jours ;
Mais je demande un peu de patience :
Le vieux conteur est ami des longs tours.

Des pots-à-l'eau voloit la renommée.
Cette déesse, en ses brillants récits,
De bouche en bouche incessamment grossis,
Disoit leur gloire à l'oreille charmée ;
Et, des bains froids les supplices nouveaux,
Dans le dortoir des jeunes chanoinesses,
Nonnains de cour et dévotes comtesses,
Se racontoient comme aux simples hameaux.

Vous connoissez ces belles pénitentes,
Du Roi des Rois orgueilleuses servantes.

LA CALOTTE

DU RÉGIMENT

ROYAL-LORRAINE,

CAVALERIE.

Un long poignard, au fer empoisonné,
Sur le beau sein d'une innocente reine,
Sans la blesser.... s'enfoncer dans sa gaîne.
Tel il s'éclipse, et la fatale main,
Au point jugé, s'abat et tombe en vain.
Il n'est plus là. Bien loin sont-ils eux-mêmes,
Vers le fantôme à corps perdu lancés,
Pour s'arrêter, dans leurs efforts extrêmes,
Ils font vingt pas, en bonds courts et forcés ;
Tandis qu'Achille, trouvant libre passage,
D'un long élan, et, d'un bras étendu,
Délivre enfin d'un honteux esclavage
Un corps nombreux à son parti rendu.

De mille cris les barres retentissent ;
De toutes parts les belles applaudissent,
Et le héros, en triomphe mené,
Est par son roi dignement couronné.

Jusques au soir, balançant la fortune,

On combattit dans ces aimables jeux ;
Et quand, chassé par la nuit importune ;
On les cessa, d'un murmure joyeux
Remplissant l'air, on regagna la ville.
Chacun parla de son plus grand exploit ;
Et les beautés, se le montrant du doigt,
Firent rougir le trop modeste Achille.

FIN DU SECOND CHANT.

Préparent mal d'orgueilleuses oreilles.

Dans les transports d'une juste fureur,

Chaque guerrier veut être son vengeur ;

Et, sourds à l'ordre, aux lois de la prudence,

Du roi tonnant à la juste frayeur ,

Tous sont sortis , et laissent , sans défense ,

Des prisonniers le trésor convoité.

Moment heureux, ardemment souhaité !

Comme l'éclair Achille alors s'élance.

Son corps sembloit , par le Zéphyr porté ,

Dans ses poumons engloutir la distance ;

Il croit déjà toucher les prisonniers.

Déjà sa main s'étend vers les premiers ,

Qui palpitoient de crainte et d'espérance ;

Encor vingt pas !... Les coureurs les plus prompts

Du chef enfin ont compris les leçons :

Ils sont rentrés au poste en diligence ,

Se sont barrés (1), ont repris leur puissance,

Et déjà ceint le dépôt précieux

D'un camp volant, qui partout a des yeux.

Le corps entier se porte sur Achille.

De bras levés, à le frapper tout prêts,

Il voit venir les courantes forêts.

Plus de retraite ! Une honte inutile,

Si la frayeur avoit accès chez lui,

Le puniroit sans lui servir d'appui ;

Mais elle est loin d'entrer en sa grande ame,

Que l'honneur meut, que le péril enflamme :

Au lieu de fuir, sur son nerveux jarret,

En s'affaissant, il ploie et disparoît.

Tel vous voyez dans la tragique scène,

Entre les mains d'un jaloux couronné,

---

(1) En rentrant aux barres, on reprend le droit
d'arrêter celui qui vous poursuivoit.

Sans écouter tant de vœux insensés,

Marchoit toujours, mais à pas compassés.

L'heure est venue ! et la troupe est partie !

Un calottin, au sein de l'abbaye

Entre en courant, demande du secours ;

Jure cent fois qu'on poursuit l'innocence ;

Et, du chapitre implorant l'assistance,

Des pots-à-l'eau veut détourner le cours.

On l'écoutoit. Sa touchante aventure,

Ses flancs émus, ses cheveux, ses habits,

Flottant épars, ébranlöient les esprits ;

Chacun sentoit vivement son injure ;

Mais, au milieu de ces cœurs attendris,

Le chef, blessé par ce dernier outrage,

Vint se jeter, tout écumant de rage.

Dans les trois points d'un discours éloquent,

Il met au jour les torts du délinquant.

De ses forfaits la liste est effrayante :

7

Des chats occis, de fragiles carreaux,

Volant aux cieux en cent et cent morceaux,

Ont à la ville, en la nuit précédente,

Donné d'un sac l'image et l'épouvante;

Et le coupable, auteur de tant de maux,

A mérité le supplice des eaux.

Trop juste arrêt! Mais, lorsque la victime

En sa faveur intéresse les yeux,

Le tort s'efface; et la laideur du crime

A disparu sur un front gracieux.

Déjà l'abbesse, en sa tendre injustice,

Veut arracher des mains de la police

Cet accusé beau comme les amours;

Et... Mais le chef, poursuivant son discours,

Lâchant la bride à sa mâle éloquence,

Parle d'assaut, menace de vengeance,

Si la justice à l'instant n'a son cours;

Et vous sentez de quelle conséquence

Étoit le sac en ce lieu d'innocence.

En gémissant de la nécessité ,

A ses bourreaux on livre le coupable ;

Puis, aux élans d'un cœur si charitable ,

Succède un peu de curiosité.

On a bien fait tout ce qu'on pouvoit faire

Pour arracher à ces bras inhumains

Un criminel , dont on plaint la misère ,

« Mais, puisqu'enfin sa perte est nécessaire ,

» Autant vaut-il , nous en lavant les mains ,

S'entre-disoient nos aimables nonnains ,

» Des pots-à-l'eau pénétrer le mystère. »

Il n'en coûta qu'une course légère.

Plein de respect pour le royal enclos ,

Le long des murs , hors du saint monastère ,

Le juge avoit rangé baquets et pots.

Là , se plaça la gracieuse abbesse ,

Là , prirent rang, parmi les curieux ,

Dame de chœur, et novice, et princesse.

On choisissoit au milieu de la presse,

On disputoit , de son bras envieux ,

Une trouée au spectacle propice ,

Et l'on hâtoit de ses vœux le supplice ,

Quand, de housards un gros corps embusqué,

Vint au galop interrompre la scène ,

Et s'emparer , fier de la bonne aubaine ,

Le sabre en main , du bataillon musqué.

Comme souvent on vit , sur la frontière ,

Par un larcin commencer une guerre ,

Loutre se crut cette fois confisqué ,

Et , pour des maux que l'esprit s'exagère ,

Bien plus d'un cœur , dans un pénible émoi,

En ce moment battit de bonne foi ;

Je ne dis tous , car c'est chose avérée ,

Que dame Alix qui , fermant ses rideaux ,

Et , d'une lampe en secret éclairée ,

Pour des romans retarde son repos,

Crut des forfaits la belle heure arrivée,

Et jouit bien de pouvoir, quelque jour,

En dévorant l'histoire d'une tour,

D'une beauté de son cachot sauvée,

Dire : « Je fus tout comme elle enlevée !

Mais Loutre enfin, sous l'habit des housards,

Sous le schako, sous la fausse moustache,

A reconnu la troupe qui se cache,

Et s'abandonne à d'aimables hasards.

Les doux vainqueurs, de fleurs entrelacées,

En captivant des bras voluptueux,

S'étoient, hélas ! dans leurs tendres pensées,

Par ces liens, bien plus enchaînés qu'eux.

Alors s'avance une pompeuse file

De chars brillants, dont la prison mobile

Vient recevoir, sur de moelleux coussins,

D'Amours captifs les gracieux essaims.

7*

On part, on vole, et l'escorte bruyante,
Au fond des bois emmenant son butin,
Par les couplets d'une muse galante,
Sait abréger la longueur du chemin.
Déjà l'on a du séculaire ombrage
Gagné la voûte, et, des ardeurs du jour,
On s'est sauvé, sous cet épais feuillage,
Mieux qu'on n'a fait des doux feux de l'amour.
Vous le savez, le défaut ordinaire
Des grands guerriers, des plus vaillants soldats,
C'est de laisser, par le dieu de Cythère,
Trop amollir leurs invincibles bras.
Ceux-ci, déjà tout occupés de plaire,
Songent bien moins à garder leur trésor,
Qu'à décocher du coin de la portière
De doux regards, des mots plus doux encor.
Ainsi, volant de la brune à la blonde,
On s'enfonçoit dans la forêt profonde ;

Et, sans penser qu'aux brigands, aux jaloux,

Les gens heureux sont en butte en ce monde,

Francs de soucis, rioient ces tendres fous.

Infortunés ! D'une grotte voisine,

Sort tout-à-coup une horde assassine;

Elle remplit la forêt de ses cris,

Et fond, d'un saut, sur les guerriers surpris.

Rien n'étoit prêt pour l'attaque imprévue;

Dans son étui dormoit le coutelas,

Tandis qu'en l'air, l'effroyable massue,

Prête à briser les têtes et les bras,

Ne laissoit plus la chance des combats.

On se rend donc. La troupe se désarme,

Et les housards ont le cuisant chagrin,

Voleurs volés, vers un antre voisin

De voir traîner, dans un joyeux vacarme,

Les chars captifs et le friand butin.

Or, je demande, en suivant son destin,

Si notre Alix, qu'entouroient ces sauvages ;
Pour son roman rêvoit de belles pages.

Ce jour, brillant d'un succès si fameux,
D'avance étoit destiné pour les jeux.
On y fêtoit, par un antique usage,
Les déités de ce sombre bocage ;
Et dans un antre, avec art décoré,
Banquet, autel, tout étoit préparé.

On n'avoit pas pour ce grand étalage
Enflé d'un sou le budget du village.
Les Algonquins, en leurs jours de galas,
Empruntent tout : habit, toque, parure,
Coussins, tapis, liqueurs, mets délicats,
Tout, jusqu'au temple, à la simple nature.
En élaguant, avec goût, nos bosquets ;
En suspendant galamment nos bouquets,
Nous disputions le prix de l'élégance
Aux arts pompeux dont s'honore la France.

La barbe alors de ses larges flocons,

Mieux ordonnés, ombrageoit nos mentons;

De glands choisis une ronde calotte,

Libre, jouoit sur nos cheveux touffus;

Et, sans argent, mais, sans craindre un refus,

Chez le vieux lierre appuyé sur la grotte,

Chacun alloit récolter sa culotte.

Ainsi parés, galants à faire peur,

Vous croyez tous voir les belles, rétives,

Tordre, arracher des mains leurs mains captives,

Baisser la vue et frissonner d'horreur;

Détrompez-vous en lisant ma gazette.

Sans nul chagrin, on suivit son vainqueur.

Tout va, tout sied quand la mine est jeunette;

Et c'est le teint qui pare la toilette.

Jeunes amants, vous l'apprendrez un jour.

Lorsque je veux, à présent, barbe faite,

En pantalon, en perruque coquette,

A la beauté déclarer mon amour ;

L'homme et l'habit, tout est mis hors de cour.

Mais revenons à mon historiette.

Sur un terrain, légèrement sablé,

Où fleurissoit le salon de la danse,

D'arbres touffus le dôme redoublé

Des feux du ciel tempéroit l'inclémence ;

Et les ormeaux, dans les airs élancés,

Unis entr'eux par de fraîches guirlandes,

De fruits, de fleurs, de galantes légendes,

Offroient aux yeux les festons enlacés.

On s'arrêta dans ce lieu plein de charmes.

Un doux repos, sur de riants tapis,

Sembloit, après de si vives alarmes,

Seul convenir à des sens assoupis.

On s'asséyoit, on déposoit ses armes,

Quand, tout-à-coup, du milieu d'un taillis,

Une éclatante et joyeuse musique

Lança de vie une flamme électrique.

Plus de langueur ! L'Amour, les Jeux, les Ris

Sont réveillés, et d'aimables courbettes,

Des mots flatteurs, un regard tendre et fin

Vinrent tenter nos gentilles nonnettes,

Qui, ranimant leurs prunelles coquettes,

Et, sagement cédant à leur destin,

Sauvage ou non, dansoient à toute main :

Car, on le sait, au temps affreux de guerre,

Jours de carnage où l'homme est inhumain,

Ce sexe doux, quand l'ennemi sait plaire,

Conserve seul, en son cœur débonnaire,

Le feu sacré de l'amour du prochain.

Parmi les ris, les jeux et leur séquelle,

Le temps, joyeux, voloit à tire-d'aile.

Tout respiroit la paix et le bonheur,

Lorsqu'à l'instant une horrible rumeur

D'autres tribus fit craindre l'arrivée ;

Et la beauté pressentit la douleur
D'être trois fois, dans un jour, enlevée.
Ravie au cloître, on souffre un tel malheur ;
Mais, arrachée au salon de la danse,
Cet accident surpassoit la constance.

Le bal s'arrête et le housard, troublé,
En hâte allant vers le lieu de la scène,
Trouve le peuple, en foule rassemblé,
Et le plus beau des captifs qu'on amène,
Couvert de fleurs et des nœuds d'une chaîne
Qui l'oppressoit sous un cercle triplé.

Le spectateur, à l'affreuse allégresse
Des Algonquins, aux sinistres apprêts,
Devina trop l'horreur de leurs banquets.
Plus de cent fois j'avois, (1) avec adresse,
Des cruautés dégoûté mes sujets,

---

(1) J'étois le chef de la tribu.

J'avois banni les festins de tigresse ;

Et, des captifs adoucissant le sort ,

De nos plaisirs j'avois chassé la mort.

Hélas ! en vain. A ses pompes barbares

Un peuple brut renonce avec effort ,

Puis y revient. Les convertis sont rares.

Presque toujours , dans ces luttes bizarres

D'ange à démon , le diable est le plus fort.

   Les Algonquins , aux douces bagatelles ,

A leur buffet , richement assorti ,

Vouloient , jaloux de plaire à tant de belles ,

Joindre le mets d'un prisonnier rôti.

Ce trait galant devoit être senti ;

Mais, pour goûter ce délicat hommage ,

Sans doute, il faut en avoir quelqu'usage ;

Car, aux essais qu'on fit pour l'empaler ,

Je vis d'horreur ces dames reculer ,

Crier, pousser une prière ardente ,

Serrer ma main d'une main caressante,

Et protester au cuisinier bourru

Que le captif vaudroit bien mieux tout cru.

Je combattis long temps, par politesse ;

Je m'obstinai ; mais enfin aux refus,

Vrais ou joués, je ne résistai plus,

Et fis lâcher le housard en détresse,

Qui fut, joyeux, retrouver sa maîtresse.

Mais revenons aux plaisirs suspendus,

Et réparons tant de momens perdus.

On a repris la danse délaissée :

Sur le terrain le pied léger bondit ;

Comme une vague au rivage poussée,

En tourbillons la valse s'arrondit,

S'enfuit, revient, dans ses flots engloutit,

Au bruit si doux de son joyeux orage,

De jeunes cœurs qu'enchantent le naufrage.

Mais la tourmente emporte aussi le temps.

L'ombre, le soir, de la nuit chambellans ,

Tenant un coin de ses voiles funèbres ,

Nous annonçoient la reine des ténèbres.

Adieu, plaisirs ! Les sauvages danseurs

Furent tout près d'en répandre des pleurs.

Gardez, gardez , amoureuse jeunesse ,

Pour d'autres maux ces signes de foiblesse :

Vous gémirez sur de plus grands malheurs.

Tous nos captifs avoient quitté la danse.

Encouragés par trop de confiance ,

Ils sont sortis d'un pas mystérieux ;

Ils ont saisi, traîtres audacieux ,

Selles , chevaux , schabraque , cimeterre ,

Et , sans pudeur recommencé la guerre.

Surpris ainsi , trop loin de nos carquois ,

Du tronc noueux qui sert à nous défendre ,

Facilement l'ennemi put reprendre

Le doux trésor, prix de brillants exploits ;

Puis il s'enfuit, nous laissant dans nos bois.

Ici, lecteur, mon histoire est finie.

L'heureux housard, riche de ce butin,

De Sar-Louis regagna le chemin ;

Et, glorieux de tant de perfidie,

De ses forfaits nullement repentant,

Vaincu, vainqueur, ayant vécu content,

Il fit bientôt à l'antique abbaye

De son larcin la remise, en chantant.

Le bruit courut alors que chaque dame,

Pardonnant tout, et regrettant, dans l'ame,

Mes Algonquins et les beaux cavaliers,

Aux souvenirs d'un si doux esclavage,

Se répéta, pendant des mois entiers :

« N'auront-ils point, ces charmants officiers,

» D'un second rapt l'idée et le courage ? »

FIN DU TROISIÈME ET DERNIER CHANT.

www.ingramcontent.com/pod-product-compliance
Ingram Content Group UK Ltd.
Pitfield, Milton Keynes, MK11 3LW, UK
UKHW020022100726
13658UKWH00003B/1049